Esther Schumacher
Spätes Mädchen

Esther Schumacher

Spätes Mädchen

Erzählung

Bibliografische Information der Deutschen Nationalbibliothek: Die Deutsche Nationalbibliothek verzeichnet diese Publikation in der Deutschen Nationalbibliografie; detaillierte bibliografische Daten sind im Internet über http://dnb.dnb.de abrufbar.

Verlag: BoD · Books on Demand GmbH, In de Tarpen 42, 22848 Norderstedt

Druck: Libri Plureos GmbH, Friedensallee 273, 22763 Hamburg

ISBN: 978-3-7597-7586-3

Inhaltsverzeichnis

Elisabeth 2

Die Klinik • 1900 8

Der Architekt • 1903 14

Der siamesische Prinz • 1904 17

Der magenkranke Jurist • 1905 27

Verlobung • 17. März 1905 33

Hochzeit • 18. Juli 1905 35

Elisabeth • 1906 36

Zauberberg • 1924 37

Epilog • 1945 38

Nachwort • 2024 39

Bilder 40

„Es gibt Ehen, deren Entstehung die belletristisch geübteste Phantasie sich nicht vorzustellen vermag."

Thomas Mann, *Luischen* (1900)

ELISABETH

Ich war ein spätes Mädchen, so sagte man.
Deutlich zu alt, um noch unverheiratet zu sein.

Geboren wurde ich Anfang Januar des Jahres 1869 in Bielefeld. Man erzählt sich, der Pastor habe geschlampt, beim Eintrag ins Taufregister. Er habe fälschlicherweise als Geburtsjahr 1868 hingeschrieben, was mich nochmal um ein Jahr älter gemacht hätte. Inzwischen ist aber wohl 1869 zweifelsfrei nachgewiesen.

Mein Vater Albert war Leinenkaufmann in Bielefeld, Sohn eines Färbers aus dem Bergischen. Er hatte sich hochgearbeitet und unserer Familie Wohlstand und ein hohes Bildungsniveau beschert. Er war sehr fromm, schon pietistisch, wie man sich erzählt. Mit Friedrich von Bodelschwingh, der 1872 die Leitung der Evangelischen Heil- und Pflegeanstalt für Epileptische des Rheinlands und Westfalens in der Nähe von Bielefeld übernahm, war er eng befreundet, unterstützte großzügig dessen caritative Projekte und half ihm dabei, ein einträgliches Spendenwesen aufzubauen.

Meine Mutter Auguste kam aus gutem Haus und hatte pechschwarze Haare. Sie sah aus wie eine Italienerin, wie eine Römerin. Man sagte ihr nach, sie sei eine Nachfahrin jener Römer, die vor Jahrhunderten auf dem Hellweg entlanggekommen waren. Sie sah aus wie Lucrezia Borgia auf dem Bildnis einer

Römerin in weißer Tunika und rotem Mantel von Anselm Feuerbach. Nur nicht ganz so streng.

Leider habe ich ihre Haare nicht geerbt. Der Lockenwust auf meinem Kopf ist kaum zu bändigen, schon als ich ein Kind war, hat meine Mutter gestöhnt, wenn es darum ging, mir eine vorzeigbare Frisur zu machen. Innerhalb kürzester Zeit sah ich meist wieder verwuschelt und in jedermanns Augen unordentlich aus. Nur wenn meine Haare streng gescheitelt und streng nach hinten frisiert waren, sah ich einigermaßen manierlich aus. Später trug ich die Haare dann doch lieber locker hochgesteckt, auch wenn sie schnell die Façon verloren. Mit der straffen Madonnenfrisur hatte ich nämlich ständig Kopfschmerzen. Auch die klassische Schönheit meiner Mutter habe ich nicht geerbt, bin nie wirklich hübsch gewesen. Meine Nase mochte ich aber immer schon, sie war zierlich, schmal und ein wenig keck.

Ich dachte, ich sei genug.

Meine hochkarätige Verwandtschaft verlangte da anderes. Von den Männern der Familie vor allem, natürlich. Theologen, Reformatoren, Ratsherren, Fabrikanten, Doktoren. Pastoren und nochmal Pastoren. Juristen noch nicht, die kamen erst später ins Spiel. „Eine Frau ist nichts", sagte man mir, „ohne einen Ehemann". Eine Ausbildung bräuchte ich (als Frau von Stand) nicht zu machen. Ich würde ja heiraten. Kinder bekommen. Dass ich Hauswirtschaften lernen wollte, wurde aber als nützlich verbucht. Ich könne mich dabei schon einmal mit den Dingen vertraut machen, die ich als Ehefrau und Mutter brauchen würde. Man schickte mich also auf ein Damenpensionat, eine Schule für höhere Töchter in Wernigerode. Hauswirtschaft wurde dort in jeglicher Facette gelehrt, ebenso wie Handarbeiten: Nähen, stopfen, sticken, stricken, häkeln…

Zusätzlich lernte ich Englisch bei Miss Fairchild und Französisch bei Mademoiselle Hortense.

Wir waren eine verschworene Gemeinschaft dort. Meine Freundinnen aus dieser Zeit würden später noch „Tanten" für meine Enkelkinder werden. Ich erinnere mich beispielsweise daran, dass wir in unserer Jungmädchenzeit Poesiealben führten und uns gegenseitig ständig darin übertreffen wollten, wer die schönsten Einträge vorweisen konnte. Außerdem unterhielten wir ein Literaturkränzchen. Hier übten wir uns im Denken, Dichten, Fabulieren und Kritisieren. Es wurde ein Thema festgelegt, über das wir in den darauffolgenden zwei Wochen etwas in Lyrik oder Prosa zu verfassen hatten. Beim nächsten Treffen wurden die Werke dann vorgetragen und diskutiert. Zwecks Horizonterweiterung hielt man auch Leseabende und Tanzgesellschaften ab, für uns Backfische.

Ein interessantes Wort übrigens für junge Frauen auf der Schwelle zum Erwachsensein. Woher kommt so ein Begriff? Noch in der Backröhre, kurz vor der Fertigstellung?

Unterm Strich kann man zwar nicht behaupten, dass wir grundsätzlich keine fundierte Erziehung genossen hätten, im Nachhinein betrachtet erscheint mir diese Bildung aber doch sehr unsystematisch und lückenhaft.

Nach Abschluss meiner Schulzeit war dann niemand in Sicht, den ich hätte heiraten können.

Zunächst fand ich eine Anstellung in der Rheinisch-Westfälischen Anstalt für Epileptische. Mein Vater hatte seine Beziehungen zu deren Leiter spielen lassen, um mich dort unterzubringen. Ein paar Monate verbrachte ich in der Zweiganstalt Haus Ophra in Eckardsheim an der Senne.

Dort war ich Mädchen für alles.

In dieser Anstalt lebten epileptische Jungen und junge Männer, deren Krankheit mit starkem geistigem Abbau verbunden war. Mein Mitleid kannte keine Grenzen. Manchmal fragte ich mich, ob und inwiefern ich selbst so einer Situation gewachsen sein würde.

Angesichts ihres Schicksals kamen mir manchmal Zweifel, ob ich überhaupt Kinder bekommen wollte…

Es folgte eine Zeit mit Anstellungen in verschiedenen Pensionen. Ich arbeitete mich schnell hoch. Zimmermädchen. Hausmädchen. Oberstes Hausmädchen.

Ich war ein spätes Mädchen, so sagte man bereits.
Jenseits der zwanzig und noch unverheiratet.

Eine längere Zeit arbeitete ich als Haushälterin in Bad Pyrmont. Man war sehr zufrieden mit mir. Zum Abschied durfte ich mir etwas wünschen. Ich wünschte mir einen Kerzenleuchter. So einen, wie die Herrschaften ihn hatten, aus Messing, zierlich, schlank, hoch und wie gedrechselt. Mit einer Figur „auf Taille", wie man sagte, so wie ich sie gern gehabt hätte. Man schenkte mir einen. Er würde später einmal auf dem Flügel meiner Tochter in ihrer Lübecker Wohnung stehen und noch später auf der Kommode eines meiner Enkel.

Kurze Zeit verbrachte ich in England. Dort hat es mir nicht gefallen. Ein hochherrschaftliches Haus, so sagte man. Ich könne stolz darauf sein, hier Hausmädchen zu sein. Für mich war es ein Rückschritt. Die meisten Angestellten im Innenbereich waren Frauen. Unser Alltag war immer lang, körperlich anstrengend und eintönig. Das Sagen – im Innen- und Außenbereich – hatten die Männer. Eine Teekanne habe ich von dort mitgebracht. Ansonsten war der Aufenthalt ein Reinfall.

Ich war ein spätes Mädchen, so sagte man bereits.
Mitte zwanzig und noch unverheiratet.

Ich war mir zu diesem Zeitpunkt aber schon nicht mehr ganz sicher, ob es wirklich das war, was ich wollte. Meine Schwester Utta, die eigentlich wie unsere Mutter Augusta hieß und die nach mir die zweitälteste von uns fünf Geschwistern war, hatte es mir vorgemacht, das mit dem Heiraten.

Sie war verheiratet mit Paul, dem Hochstapler, wie die Verwandtschaft ihn spöttisch nannte, der zudem zwischendurch auch immer wieder die eine oder andere Geliebte hatte. Sie hatten viele Kinder, ständig kein Geld, und sie mussten finanziell unterstützt werden. Mein Gehalt war inzwischen so gut, dass ich hierfür auf meine Ersparnisse zurück- und der armen Utta ein wenig unter die Arme greifen konnte.

Vielleicht, so dachte ich, wäre es besser, wenn dieser Kelch an mir vorüberginge? Wenn ich als zufriedene alte Jungfer endete?

Und dann Marseille! Die große provençalische Hafenstadt. Das Tor zum Mittelmeer. Die Pforte zur Côte d'Azur. Wo das Leben toste und pulsierte. Überall herrschte Treiben und Trubel, alles war wundervoll und aufregend. Besonders liebte ich den Vieux Port, den alten Hafen, mit dem markanten Fort Saint-Jean, an dem die großen Segelschiffe anlegten und– obwohl ich selbst natürlich protestantisch getauft war – war begeistert von der neuen, prächtigen, zebragestreiften Kathedrale mit ihren vielen Kuppeln, die einerseits fast maurisch wirkte und andererseits an die Bilder toskanischer Kirchenbauten erinnerte, die eine Freundin meiner englischen Herrschaften von ihrer Italienreise gezeigt hatte. Ich führte in Marseille eine Weile den Haushalt für meinen Bruder Albert Theodor, Jahrgang 1874, den Farbenkaufmann, den ‚Brasilianer‘. So wurde er genannt, weil er in Brasilien arbeiten und dort (beziehungsweise wegen seines Protestantendaseins in Uruguay) eine Französin ehelichen würde.

Er würde dank dieser Ehe dann 1914 die Möglichkeit haben, sich der Einberufung zu entziehen, indem er nach Uruguay auswanderte.

Als ich – voller neuer Eindrücke und Erfahrungen – von dort zurückkam fand ich eine Anstellung in der Nähe von Wiesbaden im Taunus, wieder als Haushälterin. Wegen der Auslandserfahrung hatte man mich in den weltoffenen Haushalt gerne aufgenommen. Meine Fremdsprachenkenntnisse waren von Vorteil und besonders das hochherrschaftlich-britische Haus - in dem ich mich aber ja eigentlich gar nicht wohl gefühlt hatte - gab den Ausschlag für meine Anstellung. Man merkte auch schnell, dass man mir Verantwortung problemlos übertragen konnte.

Irgendwie reichte mir das aber noch nicht.
Ich wollte höher hinaus.

Schließlich lebte ich in einer Zeit, die später als Belle Époque, als schöne Epoche bezeichnet werden würde, einer von politischen, sozialen, technologischen, kulturellen und wissenschaftlichen Umbrüchen und Fortschritten geprägten Periode, einer lebensfrohen, durch Frieden, wirtschaftliches Wachstum und Wohlstand gekennzeichneten Epoche. Natürlich ist diese Einordnung ein Euphemismus, ein „nostalgisches, retrospektives Chrononym", wie Wikipedia später einmal formulieren würde, aber ich hatte tatsächlich das Gefühl, in einer guten Zeit zu leben, in der – gerade auch für uns Frauen – einiges möglich geworden war und gerade möglich wurde. Bis zum Frauenwahlrecht war es noch etwas hin, aber ich wollte schon jetzt alle Chancen ergreifen, die sich mir boten.

Jemand erzählte mir, dass in einem neuen Sanatorium im Harz Personal gesucht würde. Ich beschloss, mich zu bewerben.

Braunlage. Die Klinik war brandneu, frisch gegründet. Haus Sonnenblick und die Villa am Walde hatte der ‚alte' Doktor, der Herr Sanitätsrat, 1899 erworben, um hier seine Idee von einem Sanatorium zu verwirklichen. Als Arzt und Sohn eines Gastwirts lag ihm das gewissermaßen im Blut. So alt war der Doktor eigentlich auch gar nicht. Geboren 1859. Nur ein paar Jahre älter als ich und in seinen besten Jahre, könnte man sagen.

Eine Klinik für die bessere Gesellschaft sollte es werden. Ein Rekonvaleszentenheim für die gehobenen Stände. So etwas wie ein Grand-Hotel mit medizinischem Betrieb. Die richtig Kranken, die „Schweren", wie Thomas Mann sie genannt hat, waren hier nicht vorgesehen.

Mens sana in corpore sano, wie man sagte. Für den Doktor war das das oberste Prinzip. Man verfolgte hier einen ganzheitlichen Therapieansatz. Dieser verband Ansätze der Naturheilverfahren und der Schulmedizin mit ersten Versuchen der Psychotherapie. Als eines der ersten Sanatorien in Deutschland nahm der Doktor diese schon von Beginn des Klinikbetriebs an explizit als Heilmittel auf. Gespräche mit ihm waren fester Bestandteil der Behandlung und es wurde sehr viel Wert auf ein vertrauensvolles Verhältnis zwischen Arzt und Patienten gelegt. Sogar mit Hypnose arbeitete er zuweilen. Da war er einer von den Pionieren, unser ‚alter' Herr Doktor. Über alle Sitzungen führte er akribisch Buch. Seine Notizen und die Patientenakten sind heute noch im weitgehend erhaltenen Krankenblattarchiv erhalten.

Ruhe und die ‚vollständige Staubfreiheit der ozonreichen Luft'
– also die gute frische Harzluft - waren wichtige Heilfaktoren.
Hinzu kam eine auf die Patienten und deren Krankheitsverlauf
zugeschnittene Diät mit ausgewogener und vitaminreicher
Kost. Die Mahlzeiten wurden gemeinsam im Speisesaal einge-
nommen, wo auch der Doktor und seine Familie anwesend waren. Im neu eingerichteten Badetrakt erhielt das Sanatorium
Einrichtungen für diverse Wasserkuren und Bäder. Aus Braun-
lager Moor gefertigte Moorbäder. Kneippsche Hydrotherapie
mit Wechselbädern. Mineralsprudelwasser-, Salz- und Fichten-
nadelbäder, sowie Packungen, Duschen, Abreibungen, Massa-
gen und Umschläge. Weitere Therapieformen fanden sich in
Luft- und Sonnenbädern. Diese konnten zu jeder Jahreszeit in
Form einer Liegekur auf den zimmereigenen Veranden, oder
später dann in den dafür vorgesehenen Liegehallen eingenom-
men werden. Außerdem gehörten Spaziergänge im hauseigenen Park oder längere Wanderungen, dem jeweiligen Gesund-
heitszustand angepasst, sowie Schneeschuhsport im Winter,
zum Genesungsprogramm.
So, oder so ähnlich, würde die Beschreibung des Therapiekon-
zepts aus dem Jahr 1900 viel später einmal auf Wikipedia zu
lesen sein. Alles nach den neusten wissenschaftlichen Erkennt-
nissen.
Ein medizinisch-reformerischer Musterbetrieb.
Später, nach dem Bau des Mittelflügels, würde sogar noch die
im 18. Jahrhundert entwickelte Elektrotherapie zum Einsatz
kommen. Ein Prospekt des Sanatoriums von 1916 würde diese
einmal wie folgt beschreiben: „Die gesamte Elektrotherapie -
elektrische Vollbäder, Vielzellenbad, Schonungsglühlichtbad,
Faradisation, Galvanisation, Diathermie, Entfettungsstuhl,
künstliche Höhensonne, Vibrationsmassage, Röntgeneinrich-
tung." Das volle Programm modernster Provenienz.

Dafür hatte man aber zu Beginn noch gar nicht die Räumlichkeiten. Die Klinik bestand ja lediglich aus den zwei benachbarten Häusern der Villenkolonie.

Ein Anbau war vor allem nötig, um den Klinikbetrieb überhaupt erst zu ermöglichen. Das Haus Sonnenblick wurde also zunächst einmal um einen Flügel nach Südwesten erweitert. Es brauchte einen repräsentativen Eingangsbereich, einen Speisesaal, einen Salon, eine Bäderabteilung, Wirtschaftsräume, und Zimmer für diejenigen, die im Hintergrund all diese Räumlichkeiten für die gehobenen Herrschaften versorgten. Über drei Etagen wurden im Neubau die Patientenzimmer eingerichtet. Ein weiterer großer Teil der Patientenzimmer wurde in der Villa am Walde zurechtgemacht, daneben einige Wirtschaftsräume im Keller. Und natürlich die Privatwohnung des Sanitätsrats und seiner Familie. Erst Jahre später würde er dann in die Belle Étage des Neubaus umziehen.

Im Winter des Jahres 1900 wurde das Sanatorium eröffnet.

Beim Vorstellungsgespräch waren beide dabei. Der Herr und die Frau Doktor. Später haben sie mir ein Foto überreicht, für mein Erinnerungsalbum. Aufgenommen im sogenannten Rauchzimmer im Haus Sonnenblick. Da sehen sie tatsächlich genauso aus, wie ich sie aus diesem ersten Gespräch in Erinnerung habe.

„Was bringen Sie für Qualifikationen mit, liebes Fräulein?" wurde ich gefragt. Ich erzählte ein bisschen, was ich in den letzten Jahren gemacht hatte.

Schnell war klar, dass man mich mit diesen Qualifikationen, mit meiner großen Erfahrung und mit meinen doch inzwischen zahlreichen Dienstjahren hier sehr gut brauchen konnte.

Ich war immer noch ein spätes Mädchen, so sagte man.
Inzwischen deutlich über dreißig und immer noch unverheiratet.

Aber ich bekam den begehrten Posten der Hausdame. Nicht Dame des Hauses. Das war natürlich Frau Doktor, die Ehefrau des Doktors. Aber immerhin. Ganze fünfzig Goldmark sollte ich verdienen. Ein Vermögen. Besonders, wenn man bedachte, dass einer der begüterten Patienten für einen Monat achtzig und eine halbe Goldmark für seinen Aufenthalt zu entrichten hatte, wie ich später erfahren würde…

Hausdame. Hauswirtschafterin.
Haushälterin. Hauswirtschaftliche Bereichsleiterin.
Die Kraft, die den Haushalt leitet.

„Was Fräulein von Osterloh betrifft, so steht sie mit unermüdlicher Hingabe dem Haushalte vor. Mein Gott, wie tätig sie, treppauf und treppab, von einem Ende der Anstalt zum anderen eilt! Sie herrscht in Küche und Vorratskammer, sie klettert in den Wäscheschränken umher, sie kommandiert die Dienerschaft und bestellt unter den Gesichtspunkten der Sparsamkeit, der Hygiene, des Wohlgeschmacks und der äußeren Anmut den Tisch des Hauses, sie wirtschaftet mit einer rasenden Umsicht und in ihrer extremen Tüchtigkeit liegt ein beständiger Vorwurf für die gesamte Männerwelt verborgen, von der noch niemand darauf verfallen ist, sie heimzuführen. Auf ihren Wangen aber glüht in zwei runden, karmosinroten [sic] Flecken die unauslöschliche Hoffnung, dereinst Frau Doktor Leander zu werden.“
So beschreibt Thomas Mann meine Tätigkeit in seiner Erzählung *Tristan*. Letztere Hoffnung war nicht meine, wie gesagt, aber insgesamt trifft es meine Situation und meinen Alltag ziemlich genau. Fräulein W. hier und Fräulein W. da. „Fräulein W., können Sie mal…?“
Ich war die dienstälteste Mitarbeiterin und für alle Bediensteten verantwortlich. Das medizinische Personal unterstand zwar dem Doktor, aber Schnittmengen waren vorhanden.

Ich beaufsichtigte folglich alles, was im täglichen Betrieb des Hauses geschah und erstellte auch die Arbeitsplanung. Zu meinen Aufgaben gehörten die wöchentlichen Kontrollen und die Führung der Konten über die täglichen Ausgaben in einem Hauptbuch. Das Bezahlen aller Rechnungen und das Archivieren der Quittungen gehörte auch dazu. Jeder an das Haus gelieferte Artikel wurde von mir geprüft, um sicherzustellen, dass er den Bestellungen entsprach. Ich war dabei angehalten, stets umsichtig und sparsam zu wirtschaften.

Zum Vorratsraum besaß nur ich einen Schlüssel und schloss diesen bei Bedarf auf. Dort wurden all die Dinge aufbewahrt, für deren Herstellung ich ebenfalls verantwortlich war: eingewecktes Gemüse zum Beispiel, Marmeladen, Pökel- oder Räucherfleisch und Spirituosen. Natürlich stand ich dafür nicht in der Küche, dafür gab es den Koch, die Beiköchin und die Küchenmädchen. Nur wenn Marmelade gekocht wurde, war ich regelmäßig in der Küche zu finden. Ich musste schließlich nach dem Rechten schauen. Aber eigentlich war ich dort, weil ich es liebte: den Duft und die blubbernde, zähflüssige, sattfarbene Masse in dem großen Topf. Ein bisschen wie in einer Hexenküche kam man sich vor, aber nicht so, wie Goethe sie in seinem *Faust* beschreibt, sondern durch und durch positiv. Johannisbeeren, Kirschen, Himbeeren…

Diese Leidenschaft habe ich an meine Enkelin und Urenkelin vererbt. Beide würden begeisterte Marmeladenköchinnen sein.

Auch für den Wäscheschrank, das Ausbessern und die Überwachung des Wäscheinventars trug ich die Verantwortung. Regelmäßig wurde der Bestand gezählt und überprüft. Jeder Verschleiß oder Verlust musste gemeldet werden.

Zur Wäsche zählte die Tischwäsche, die Bettwäsche, die Handtücher – auch jene für die Anwendungen in der Bäderabteilung - und die Küchenwäsche, sowie jede Menge Reinigungstücher mit denen die Hausmädchen und Diener überall im Haus für blitzblanke Sauberkeit sorgen mussten.

Die Ausstattung war in jeglicher Hinsicht exquisit. Grand-Hotel-Standard, eben. Maßangefertigtes Mobiliar. Feinster Hausrat. Edelste Leinenwäsche. Hochwertigstes Porzellan. Einheitliche Keramikbecher, die ein paar Jahre später nach speziell auf den Klinikbetrieb zugeschnittenen Entwürfen in Serie gefertigt werden und noch später als Unikate im Rahmen eines Kunstprojekts in der Klinik zu erstehen sein würden. Wunderschöne Kristallgläser, die in einer Manufaktur aus der näheren Umgebung geordert wurden. Rotweingläser, Weißweinkelche, Sektflöten. Später würde ich mir für meinen eigenen Hausstand auch welche davon herstellen lassen.

Einmal im Monat wurde der gesamte Hausrat von der Hausherrin kontrolliert. Falls dann irgendetwas fehlte oder nicht ihren hohen Ansprüchen entsprach, gab es ein Donnerwetter. Ansonsten konnte ich mich aber über die Arbeitsatmosphäre nicht beklagen.

In regelmäßigen Abständen wurden zum Beispiel Betriebsausflüge gemacht. An einem Sonn- oder Feiertag und immer dann, wenn nicht ganz so viele Patienten im Haus zu versorgen waren. Meistens wurde gewandert. Den Wurmberg herauf und wieder herunter etwa. Oder an der Bode entlang. Hinauf und hinunter. In beide Richtungen war es schön. Bei ein paar besonderen Gelegenheiten spannte man die Wagen an und fuhr zu einem Einkehrhaus. Zwischen Elend und Sorge – die beiden Orte heißen tatsächlich so – gab es ein besonders beliebtes Ausflugslokal, das wir zu diesen Gelegenheiten gerne aufsuchten. So wie der Doktor im medizinischen Konzept auf Ganzheitlichkeit setzte, lag ihm viel daran, dass seine Angestellten ihre Aufgaben gerne erledigten und dass es ihnen dabei gut ging. Das, übrigens, ist bis heute so.

Wie Fräulein Osterloh stand ich also mit unermüdlicher Hingabe dem Haushalt vor, eilte treppauf und treppab, von einem Ende der Anstalt zum anderen. Was sich bei Thomas Mann so einfach anhört, war es in meiner Realität nicht. Man kann sich nicht vorstellen, wie unpraktisch das ist, so ein Sanatorium, wenn es auf zwei separate Gebäude verteilt ist.

Eine Lösung für dieses Problem zeichnete sich aber bereits ab, auch wenn ich zum Zeitpunkt ihrer Vollendung schon nicht mehr hier arbeiten würde.

Im Jahr 1903 begab sich nämlich ein Kunstgewerbler und Architekt, der mit seinen 32 Jahren eigentlich noch gar nicht so alt, auch nur ein klein wenig jünger als ich, aber bis dahin schon recht bekannt und recht erfolgreich und deswegen auch schon recht gestresst war, wegen Schlaflosigkeit und Magenbeschwerden in unsere Klinik. Aus dem einen wurden dann mehrere Aufenthalte, und bald entwickelte sich zwischen dem Architekten und dem kunstsinnigen Sanitätsrat eine Freundschaft, aus der schließlich die ersten Aufträge zur Umgestaltung der ursprünglichen Bausubstanz des Sanatoriums hervorgingen.

Nach ersten kleineren Arbeiten für das Innere der bestehenden Bauten würde der Doktor im Jahr 1904 die Patientenzimmer von Haus Sonnenblick durch Veranden ergänzen lassen. 1905 würde der Architekt mit der Neugestaltung des Eingangsbereiches und des Wartezimmers beginnen und eine an den weichen Linien des frühen Jugendstils orientierte Einrichtung für die beiden Villen entwerfen. Das Wartezimmer würde in ähnlicher Ausführung gestaltet werden wie das Speisezimmer, das er in diesem Jahr für die Weltausstellung in St. Louis entwerfen und dafür den Grand Prix erhalten würde.

Der Architekt setzte sich gerne im Speisesaal zu mir, nachdem die Mahlzeiten beendet waren und ich mir eine wohlverdiente Verschnaufpause gönnte. Bei diesen Gelegenheiten entwickelte er nicht nur eigene Vorstellungen, sondern fragte nach meinen Verbesserungsvorschlägen oder Hinweisen zu Gegebenheiten, bei denen ich Probleme sah. 1911, als er bereits seit ein paar Jahren der Leiter der Künstlerkolonie auf der Mathildenhöhe in Darmstadt gewesen sein würde, würde er dann endlich den Auftrag erhalten, den Gebäudekomplex des Sanatoriums im großen Stil zu erweitern, indem er einen Mittelflügel konzipierte. Der Querriegel von 1912, der die beiden Villen verband, würde zu nicht unwesentlichen Teilen auf den in unseren Gesprächen gemeinsam entwickelten Ideen basieren. Auch den Entwurf für die einheitlichen Zahnputzbecher sprach er mit mir ab: griffig sollten sie sein, durch Rillen im Porzellan, und bauchig.

Über 120 Jahre später würde ein weiterer berühmter Architekt es sich in Zusammenarbeit mit den Nachfahren des Doktors zur Aufgabe machen, dieses Vorzeige-Ensemble des späten Jugendstils zu dokumentieren, zu konservieren und behutsam zu restaurieren. Die Projektleitung würde eine Architektin übernehmen. Für uns damals - noch völlig unvorstellbar.

Wobei – warum eigentlich nicht? Im täglichen Betrieb des großen Klinikunternehmens hatte schließlich auch ich das Sagen.

Ende November des Jahres 1903 starb mein Vater.

Ich sei ein spätes Mädchen, so hatte er immer gesagt.
Inzwischen Mitte dreißig und immer noch unverheiratet.

Seine Hoffnung, mich noch unter die Haube zu bringen, starb mit ihm.

Natürlich wurde von mir erwartet, dass ich die Contenance bewahren würde und selbstverständlich bewahrte ich die Contenance. Nur wenn es niemand bemerkte, schlüpfte ich hinaus und suchte dann meist die Stallungen auf. Die rotgetigerte Stallkatze hatte fast immer Junge. Mit einem oder zwei Kätzchen auf dem Schoß fand ich für ein paar Minuten Trost.

Überhaupt – Tiere in rauen Mengen gab es hier. Pferde – zum Ziehen der Wagen und zum Reiten, aber auch – ganz modern gedacht – zu Therapiezwecken. Schafe, Ziegen, Hasen, Kaninchen, Hunde, Katzen, Hühner, Enten. Das Blöken der Schafe, das Meckern der Ziegen, ihre rauen Zungen und das weiche Fell der Kaninchen, der Geruch der Ställe: all das kann ich immer noch hören, fühlen, riechen.

Die Tiere waren Teil unseres Alltags. Ein ganzes Bestiarium, welches im weitesten Sinn auch meiner Verantwortung unterstand. Meinem Herzen waren sie näher als jener hässliche Hund, den meine Familie irgendwann weggegeben hatte, weil niemand ihn wirklich mochte, oder der ungezogene Papageienvogel meiner Eltern, der zwar handzahm war, wenn er „Coco Köpfchen kraulen" verlangte, ansonsten aber oft krabitzig und bissig war, sowohl wörtlich, als auch wegen der unflätigen Ausdrücke, die er verwendete. Er würde über fünfzig Jahre alt werden, die meisten davon verbrachte er als Mitglied unserer Familie. Aber auch er würde später weggegeben werden, vor allem, weil seine Ausdrucksweise nicht mehr tragbar war. Ein Vogel mit antisemitischer Gesinnung, der „Alte Judenkiste" schrie, wenn die Straßenbahn vorbeifuhr – so ein Tier wollte man irgendwann nicht mehr im Haus haben.

Die Nutztiere brauchten zwar mehr Pflege als der Kakadu, der lediglich auf seiner Stange hockte und täglich nur Futter, Wasser und ein bisschen frischen Sand benötigte, sie waren aber immer für ein paar Streicheleinheiten dankbar. Das wärmte dann wiederum meine Seele.

Und Katzen – Katzen habe ich mein Leben lang geliebt.

Über einen Mangel an honorigen Gästen konnten wir uns nicht beklagen. In regelmäßigen Abständen suchten prominente Patienten oder Patientinnen die Klinik auf. Sehr geschätzt wurde der professionelle und besonders diskrete Umgang. Bis in die 1930er Jahre würde hier zum Beispiel Lily Klee, zu diesem frühen Zeitpunkt noch Karoline Stumpf, regelmäßig kuren.

Ein Gemälde ihres Mannes Paul würde man allerdings später aus wirtschaftlichen Gründen als Bezahlung für ihren Aufenthalt ablehnen. Ein unverzeihlicher Fehler, insbesondere wirtschaftlich, wie man noch sehr viel später feststellen würde…

Mit ihr verband mich über die Jahre eine fast freundschaftliche Beziehung, nicht zuletzt deswegen, weil sie Katzen genauso liebte wie ich.

Prinz Tossi, mit vollem Namen und Titel *Mom Chow Thossiriwongse*, wie auf der Visitenkarte zu lesen war, die er mir überreichte, war auch einer der ganz besonderen Gäste. Er war eines der zahlreichen illegitimen Kinder des Königs von Siam. Einer von insgesamt mindestens siebenundzwanzig siamesischen Prinzen, die nach 1897, dem Jahr, in dem sich der siamesische König Rama V. zu einem Besuch anlässlich des 60. Regierungsjubiläums von Queen Victoria nach Europa begeben hatte, zum Studium und zur militärischen Ausbildung nach Deutschland geschickt wurden.

Die Ankündigung seiner Ankunft verursachte doch einiges an Aufregung. Einen echten – und dazu noch fernöstlichen - Prinzen bekam man schließlich nicht alle Tage zu Gesicht. Für uns war sein Aufenthalt eine Sensation.

Gerade bei unseren prominenten Gästen war eine meiner Hauptaufgaben die Durchsetzung der Regel Nummer eins: Unter keinen Umständen dürfen Mitglieder des Personals intime Beziehungen zu Patienten aufnehmen. Auf diese Regel musste ich in Bezug auf den Aufenthalt des Prinzen noch einmal besonders hinweisen. Da er selbst ja, das erzählte man, der Sohn einer der unzähligen Nebenfrauen des Königs war, kursierten jede Menge Gerüchte und Mutmaßungen, wie unser Patient es diesbezüglich halten würde. Die strenge Anweisung war: absolute Diskretion und professionelle Distanz müssen unter allen Umständen eingehalten werden.

Mom Chow (heute *Chao* geschrieben) ist die Bezeichnung der untersten Stufe königlicher Abkömmlinge, die noch als königlich gilt. Aber immerhin. Er sei mit der deutschen Entsprechung von „His Serene Highness, Prince…" als „Euer Durchlaucht" anzureden, hieß es.

„Prinz Tossi", oder nur „Tossi" wie er stattdessen – wahrscheinlich in der Tradition siamesischer ‚nicknames' – genannt werden wollte, der Sohn des weltoffenen, aufgeschlossenen und nach Westen orientierten asiatischen Potentaten, beehrte uns im November des Jahres 1904.

Entgegen allen Vorstellungen war er ein völlig unprätentiöser, bescheidener, höflicher und sympathischer junger Mann, dem man seine königliche Herkunft nur an seinen tadellosen Manieren anmerkte. Jegliche Form von Arroganz oder Dünkel waren ihm fremd.

Zimmer 23 sollte er beziehen. Das schönste Zimmer im Haus Sonnenblick, das mit der meisten Sonne. Eigentlich ein Zimmer wie alle im Sanatorium. Ein Bett, ein Schrank, ein Stuhl, ein Schreibtisch und ein Nachtkästchen. Für die Veranda ein Liegestuhl und ein Tischchen. Alles erlesene Qualität, natürlich, aber insgesamt schon deutlich spartanischer als jedes Grand-Hotel. Auf Pölsterchen und Plüsch, auf Deckchen, Troddeln und ähnlichen überflüssigen Zierrat wurde zugunsten einer gesundheitsförderlichen Puristik völlig verzichtet.

Das Besondere an diesem Zimmer war, dass es seit neustem nicht nur eine, sondern gleich zwei Veranden besaß. Über Eck. Eine nach Südosten, eine nach Südwesten. Durch seine Lage in der zweiten Etage war die Sonnengarantie sogar noch größer als bei den Damen in der ersten Etage. Auch dort gab es ein sehr schönes Zimmer in dieser Ausrichtung, die Nummer 8. Aber am meisten Sonne hatte man in der 23.

Im Jahr 2023 wird meine Urenkelin ihren Klinikaufenthalt in diesem Zimmer verbringen. Die ursprüngliche Ausstattung würde zu diesem Zeitpunkt allerdings einer – völlig ausreichenden, aber nicht weniger spartanischen - aus den 1960ern gewichen sein.

Die meisten unserer Patienten waren sich der Bedeutung und der Wichtigkeit der Anwendungen im Dienst ihrer Gesundheit bewusst. Für Prinz Tossi waren vor allem jene besonders bedeutsam, bei denen Wasser, in welcher Form auch immer, eine Rolle spielte. Eine pillenförmige kupferne Wärmeflasche – oder auch „Bettflasche" – mit wollenem Überzug war zum Schlafen obligatorisch, ein erfrischender Wasserguss am Morgen, sanfte Armbäder und ein wärmendes Moorbad am Nachmittag, sowie am Abend eine Viertelstunde Wassertreten im Kaltbad, für die Durchblutung der Beine, waren die Anwendungen, die ihm besonders gut taten.

Wenn man ihn dabei mit der Ernsthaftigkeit und dem Eifer eines kleinen Jungen das Kneipp-Becken durchwandern sah, musste man unwillkürlich lächeln.

Dezember. Draußen herrschte der Frost. Im Sanatorium herrschte dagegen „nichts als Übermut", wie Thomas Mann es so passend in seiner in diesem Jahr erschienenen Erzählung *Tristan* formuliert. Ein besonders beliebtes winterliches Gesellschaftsspiel war das Verkleiden. Im Salon. Man beauftragte mich, dafür zu sorgen, dass die Tür zum Speisezimmer anstelle einer Kulisse mit einem Samtvorhang abgehängt wurde, als Requisiten mussten ein paar Stühle zur Verfügung gestellt werden. Diesmal gab es eine Besonderheit. Der Prinz hatte nämlich eine Kamera mitgebracht. Ein faszinierendes Gerät modernster Technik. Eine kompakte Studio-Plattenkamera mit einem ausziehbaren schwarzen Lederbalg, einer Ziehharmonika nicht unähnlich, in einer Ledertasche. Der dazugehörigen Satz Doppelkassetten, die man in der Dunkelheit des Fotolabors mit je zwei Planfilmen aus Zelluloid bestückt hatte und mit denen man - durch Umdrehen und erneutes Einschieben - auf einmal bis zu zwölf Bilder belichten konnte. Ein großes dreibeiniges Holzstativ zum Ausklappen vervollständigte die Ausrüstung. Mehr als fünf Kilogramm waren das bei aller Fortschrittlichkeit schon, die der Hobby-Fotograf da mit sich herumschleppen durfte.

Die Aufnahme-Prozedur gestaltete sich recht umständlich: Zunächst musste das Stativ auf ebenem Untergrund aufgestellt werden. Hier zeigte sich, dass das Parkett im Salon diesbezüglich seine Tücken aufwies. Nachdem endlich ein standsicherer Platz gefunden war, mussten sich die abzulichtenden Personen den Anweisungen des Photographen zufolge aufstellen und dann möglichst unbeweglich so verharren, bis das Bild ‚im Kasten‘ war. Das Fotografieren selbst erforderte dann auch nochmal einiges an Geduld und Fingerspitzengefühl: Frontklappe öffnen, Balg herausziehen, Meterskala einstellen, Verschluss öffnen, Mattscheibe einschieben, Schärfe einstellen (in dieser Phase verschwand der Fotografierende mit dem Kopf unter einem schwarzen Tuch), Belichtungszeit schätzen, Verschluss schließen, Belichtungszeit einstellen, Verschluss spannen, Mattscheibe entfernen, Plattenkassette einschieben, Abdeckschieber herausziehen, Verschluss auslösen.

„Hier kommt das Vögelchen!“

Fünfzehn Minuten brauchte man mindestens für dieses Proze-
dere. Dann erfolgte ein kompletter Rückbau der Kamera und
das Ganze ging wieder von vorne los, so lange bis alle Doppelkassetten von beiden Seiten belichtet waren.

Als absoluter Höhepunkt des Abends wurde der Prinz – insbesondere sicher wegen seines hübschen, androgynen Aussehens
und seiner Feingliedrigkeit - in ein Brautkleid gesteckt. Frau
Doktor hatte dies nach einigem Zieren für diesen Zweck herge-
geben. Man wollte ein Doppelporträt: der Prinz als er selbst
und er selbst als seine Braut. Einmal mit aufgemaltem Schnurrbart und Vatermörderkragen im (etwas zu saloppen) Anzug,
einmal mit Hochsteckperücke über seinen kurzen Haaren. Dieser turbanähnliche Kopfputz konnte, zumindest auf dem Bild,
das dabei herauskommen sollte, als Frisur einer Frau von Stand
durchgehen.
Es musste dieselbe Platte doppelt belichtet werden. Ein ebenso
leidenschaftlich fotografierender Mitpatient durfte bei dieser
Gelegenheit die Kamera bedienen. Die Gesellschaft war ent-
zückt. Ich sah zu und achtete darauf, dass die Patienten alles
hatten, was sie brauchten.

Unter das für mich entwickelte Bild hat er später eine Wid-
mung geschrieben. „Zur freundlichen Erinnerung an Ihren
Tossi u. seiner Braut" steht da im schönsten Sütterlin.
Völlig grammatikfest ist er wohl während seines Aufenthaltes
in Deutschland nicht geworden, aber mir selbst war es ja noch
nicht einmal gelungen, seinen Titel auf Siamesisch zu entzif-
fern, geschweige denn etwas zu schreiben.

Wie bereits erwähnt, war Wasser das favorisierte Element des
Prinzen. Daher verwundert es nicht, dass er den Harzer Winter,
mit seinen Unmengen an Schnee, ganz besonders mochte. Win-
tersport verschiedener Art gehörte ja auch zum Therapieplan.

Der Übergang zu gemeinschaftlicher Geselligkeit und winterlicher Kurzweil im verschneiten Wurmberg-Arreal war hier allerdings fließend. Regelmäßig lud der Doktor interessierte Patienten zur winterlichen Jagd auf Skiern ein. Es wurden Schneeschuhwanderungen gemacht und Schlittenpartien unternommen. Unter anderem auf dem hauseigenen riesigen Schlitten. Bis zu acht Personen konnten darauf sitzen. Wegen seiner zierlichen Statur und seines leichten Gewichts wurde Prinz Tossi regelmäßig als im Bug sitzendes Fliegengewicht eingeteilt.

Lachend zog der ganze Trupp bergan, um dann den Rodelhang vor Vergnügen kreischend in wilder Fahrt hinabzusausen.

Dass gar nicht so weit weg, im thüringischen Friedrichroda, im Jahr 1901 der erste Fünferbob, ein Rennschlitten aus Stahl mit Lenkung gebaut worden war, hat ihn fasziniert. Dass die Fahrt mit dem Rennschlitten, oder später „Bob", ab den ersten olympischen Winterspielen 1924 olympische Disziplin war, hätte ihm sicher auch gefallen, wenngleich ich nicht weiß, ob er davon etwas mitbekommen hat.

Ein weiteres großes Vergnügen auf dem zugeschneiten Klinikgelände war im Winter das Bauen von überlebensgroßen Schneemännern und –frauen. Zunächst wurden unter begeistertem Geschrei die riesigen Schneekugeln gerollt und dann zusammengesetzt. Besonderen Spaß hatte man daran, die fertigen Figuren noch mit Requisiten, wie Augen, Nasen, Knöpfen oder Regenschirmen auszustatten. Mit diesen überlebensgroßen Schneemenschen posierte man auch gerne und ließ sich sogar – falls möglich - fotografisch ablichten.

Prinz Tossi entwickelt seine Bilder natürlich selbst. Er hatte sich beim Sanitätsrat ausgebeten, mich als Assistentin beim Fotografieren nutzen zu dürfen. Sein Angebot, mir so nicht nur das Fotografieren, sondern auch das Entwickeln beizubringen, führte dazu, dass ich ihn ganz offiziell bei Fototerminen am

Tag, und nicht ganz so offiziell bei nächtlichen Entwicklungssitzungen im Fotolabor unterstützte. In der für ihn extra neu eingerichteten Dunkelkammer der Klinik.

Im Fotolabor musste Dunkelheit herrschen, um lichtempfindliches Material wie Filme oder Fotopapier nicht unbrauchbar zu machen. Man nahm die belichteten Planfilme, die - im Gegensatz zu ihren Vorgängern, den beschichteten Glasplatten - biegsam, bruchfest und leicht waren, in der Dunkelkammer aus der Kassette, um sie in einem mit Entwicklerflüssigkeit gefüllten Behälter zu entwickeln. Die Sache mit den Kassetten gestaltete sich aber doch, besonders für mich als Ungeübte, im Dunkeln als größere Herausforderung. Ein paar Fingerabdrücke und Kratzer auf Prinz Tossis Abzügen stammten daher von mir. Im Anschluss musste das im Stockfinstern entwickelte Negativ auf lichtempfindliches Fotopapier projiziert werden. Im nächsten Schritt wurde das Foto dann durch Bäder in einer dafür geeigneten chemischen Flüssigkeit entwickelt und zuletzt in einer weiteren Flüssigkeit auf dem Papier fixiert. Da das für die Abzüge verwendete Fotopapier unempfindlicher war als die Platten, konnte für diesen Arbeitsschritt eine Laborbeleuchtung mit diffusem Licht verwendet werden.

Der Raum war in rotes Licht getaucht, in der Luft lag der leicht stechende Geruch der Chemikalien. Wie von Geisterhand erschienen plötzlich Schemen auf dem Papier. Die Hand des Prinzen streifte meine.

„Ein Glück, ein kleiner Schauer und Rausch von Glück berührte das Herz, als jene zwei Welten, zwischen denen die Sehnsucht hin und her irrte, sich in einer kurzen, trügerischen Annäherung zusammenfanden."

Thomas Mann, *Ein Glück* (1904)

Wir Angestellten hatten hier nie viel Zeit für uns. Gar keine, fast. In meiner Position sogar noch weniger als die anderen Dienstboten.

Immer musste ich ein Auge auf alles haben. Aber ein kleines Vergnügen gab es für mich doch. Nur für mich und so, dass es niemand mitbekam. Dafür muss ich ein bisschen ausholen: Im Salon befand sich ein Klavier. Ein schönes Instrument. Ein Bösendorfer, wie jener Flügel, der das Spiel eines Franz Liszt unbeschadet überstanden hatte. Früher hatte es im Wohnzimmer der Familie des Doktors gestanden, nun stand es nicht nur ihnen, sondern auch allen anderen musikalischen Menschen im Sanatorium zur Verfügung. Der Salon, der später für Yoga, Tai-Chi-Qigong und als Raum für Kinoabende genutzt werden würde, befand sich in der ursprünglichen Villa Sonneneck, die durch den Anbau tatsächlich eine Ecke bekommen hatte: rechtwinklig in Richtung Südwesten. In dem südöstlichen Trakt waren im Souterrain die Rezeption, dahinter die Küche und dahinter die Wäscherei eingerichtet worden. Ganz am Ende des Gebäudeteils fand man auf dieser Ebene die Bäderabteilung, die diskreterweise auch durch eine Treppe weiter hinten mit den Patientenzimmern verbunden war. Über die Freitreppe erreicht man bis heute im Parterre zunächst die Empfangshalle und die Räume des Doktors: Sein Wartezimmer und das Arztzimmer mit der fantastischen Jugendstil-Deckenleuchte, die ein Entwurf des Architekten war. Nach links ging es von da aus in den Damenflügel, in den beiden Etagen darüber befanden sich die Gänge mit den Zimmern für die männlichen Patienten. Wenn man sich am Wartezimmer rechts hielt, bekam man zunächst meinen absoluten technischen Favoriten zu sehen: unseren Speiseaufzug. Er ermöglichte es, die Mahlzeiten für die Patienten und Patientinnen schnell und relativ unfallarm in die erste Etage zu befördern. Später, nachdem die Küche in den Neubau umgezogen war, würde er durch einen Personenaufzug ersetzt werden.

Durch den kürzlich im Jugendstil gestalteten Wartebereich und Garderobe gelangte man dann zum Salon und zum Speisezimmer. Bis zur Haupterweiterung des Sanatoriums in den Jahren 1912-14 würden diese Räume die einzigen Speise- und Gesellschaftsräume bleiben.

Beide Räume waren mit aufwändigen späthistoristischen Holzschnitzarbeiten ausgestattet, die dem früheren Geschmack unseres Sanatoriumsgründers entsprachen. Über diesen Räumlichkeiten, in der zweiten Etage und im kompletten Dachgeschoss, hatte man die Zimmer für das Personal eingerichtet.

Ich hatte das Privileg, ein Zimmer für mich zu haben, genau über dem Salon. Und genau diese Tatsache ermöglichte es mir, mich spät in der Nacht an das Klavier dort zu setzen. Ich spielte alles, was sich nicht wehrte, von Bach bis Wagner. Am liebsten waren mir zu der Zeit – passenderweise - die Nocturnes Chopin. Wenn ich spielte, war das im Haus nicht, oder nur als vage Erinnerung an eine Melodie zu hören.

Musik, hatte man mir als höhere Tochter beigebracht, und insbesondere das Klavierspiel, gilt als weibliche Tugend und erhöht wesentlich die Chancen auf dem Heiratsmarkt. Für mich war es mehr. Auch meine jüngere Schwester Lene hatte diese Neigung. Sie machte daraus aber tatsächlich ihren Beruf, studierte in Köln Musik und arbeitete dann als Klavierlehrerin in Bielefeld.

Aber für mich war die Musik Lebenselexier. Ich tankte Kraft aus ihr. Ich ließ meine Finger tanzen und meinen Verstand los. Ich vergaß mich völlig, während ich spielte.

Ich blickte auf. Prinz Tossi stand im Türrahmen, schaute nur zu. Ich sah ihn an. Er nickte mir zu, wandte sich dann ab und verschwand im Dunkel des Flurs.

Am nächsten Tag reiste er ab. Weiter nach Halle, um in der dortigen Kadettenanstalt seine militärstrategischen Kenntnisse zu vertiefen.

Im Jahr 1907 würde er den König, seinen Vater, bei einem weiteren Deutschlandbesuch begleiten. Seine Anwesenheit würde in der Tagespresse als „Mr. Siriwongse" für den Aufenthalt in Heidelberg, wo mindestens einer seiner Halbbrüder studiert hatte, am 5. Juni belegt sein. Vielleicht bedeutete das, dass er in England studiert und den Titel „Mom Chow" möglicherweise zwischenzeitlich aberkannt bekommen hatte?

Ich weiß es nicht. Ich habe noch ein paar Briefe mit ihm gewechselt, bevor der Kontakt irgendwann einschlief, habe ihn aber nie wiedergesehen.

Ein Amtsgerichtsrat aus Parchim in Mecklenburg. Kein Geheimrat, wie der Onkel Johann Wolfgang von und zu Goethe, der – wie die findigen familieneigenen Genealogen später belegen werden – einer Seitenlinie unserer Verwandtschaft entsprungen ist, aber definitiv eine gute Partie. Er war 1861 in Alt-Karin geboren, hatte es inzwischen zum Amtsrichter in Hagenow gebracht und war inzwischen definitiv auch ein später Junge – nur dass man das seltsamerweise nie so gesagt hätte. Er kam Anfang des Jahres 1905 als Patient zu uns und bezog Zimmer Nummer 23. Welch ein bemerkenswerter Zufall. Als ob ich bei der Zuteilung irgendwie geahnt hätte, dass es auch mit ihm etwas Besonderes auf sich hatte.

Im Frühling, Sommer und Herbst wurde als neue Behandlungsmethode auf den Wiesen zwischen den beiden Villen auch körperbefreiende Gymnastik durchgeführt. Man war hier, wie gesagt, sehr fortschrittlich, wenn nicht sogar revolutionär. Ich, als Tochter aus gutem Hause, musste mich erst daran gewöhnen, einer Gruppe splitternackter Patientinnen nach der sportlichen Ertüchtigung die Handtücher anzureichen. Bei männlichen Patientengruppen erledigte dies einer der Diener, wenngleich die freikörperlichen Aktivitäten aus den Fenstern beider Villen auch für sämtliche weibliche Personen – Personal und Patientinnen – gut einsehbar waren. Immer, wenn ich ihn in einer der Gruppen entdeckte, bekam ich ein seltsames Gefühl im Bauch, das ich zunächst nicht einordnen konnte.

Wenn er zu den Mahlzeiten den Speisesaal betrat, war es mir, als ginge die Sonne auf.

Sein Erscheinen zauberte mir jedes Mal ein Lächeln ins Gesicht. Zwar war er nicht im eigentlichen Sinn gutaussehend, aber ausgesprochen sympathisch. Seine Haare hatten sich schon deutlich gelichtet, sodass die Geheimratsecken ihm ein distinguiertes Aussehen verliehen. Markante Augenbrauen, ein leicht gezwirbelter Schnurrbart und ein spitz zulaufender Backenbart. Von seinen Mundwinkeln aus hatten sich jene Falten tief eingegraben, die so typisch für die Magenkranken sind und ihnen oft ein duldend-leidendes Aussehen verleihen. Am besten gefielen mir seine Augen: kluge, ein wenig tief in den Höhlen liegende, wissende Augen.

Eine wesentliche ganzjährige Therapieform war die Liegekur. Dafür würden später am Rand der Pferdekoppel zwei spezielle Liegehallen errichtet werden. In diesem frühen Stadium des Sanatoriumsbetriebs nutzten die Patienten und Patientinnen hierzu die Veranden ihrer Zimmer. Aufgabe der Bediensteten war, sie hierfür je nach Wetterlage mit Decken und Wärmeflaschen zu versorgen. Einmal täglich wickelte ich den magenkranken Juristen also ein und später wieder aus. Dass man sich dabei – trotz der obersten Direktive – auch körperlich näher kam, war nicht zu vermeiden.
An einem Tag in der zweiten Woche seines Aufenthalts hatte ich ihn für die Liegekur vorbereitet. Als ich gehen wollte, legte er seine Hand auf meine und hielt mich zurück. „Bleiben Sie noch ein bisschen, Fräulein W.!" bat er. „Lesen Sie gerne"?

„Ein Glück, ein kleiner Schauer und Rausch von Glück" berührte mein Herz. Sollte es diesmal Wirklichkeit werden?

Bald danach fing ich an, regelmäßig mit ihm zu lesen. Auf seinen ausdrücklichen Wunsch und mit Genehmigung unseres Herrn Sanitätsrat.

So herum ging das, denn der Wunsch des Patienten war Befehl. In diesem Fall galt die oberste Regel nicht.

Das Vorlesen machte mich quasi zu seiner Gesellschafterin. „Guido" und „Sie" durfte ich ihn nennen. „Sie, Fräulein Elisabeth" sagte er zu mir. Mehr Intimität ging nicht, sollte man denken.

Wir lasen vor allem Thomas Mann. Wir waren beide wie besessen von seinen Werken. Es stellte sich heraus, dass auch er sich auf jede neue Erzählung gestürzt hatte, sobald diese in der jeweiligen Zeitschrift veröffentlicht wurde. Neben dem „Tristan" von 1902, dessen darin beschriebene Situation unserer eigenen in so vielerlei Hinsicht glich, lasen wir auch „Die Hungernden" und „Tonio Kröger", sowie „Das Wunderkind" aus dem Jahr 1903, „Ein Glück" von 1904 und die gerade im *Simplicissimus* erschienene Erzählung „Schwere Stunde". Auch die schreckliche Geschichte vom „Luischen" lasen wir mit angenehmem Schaudern.

Thomas Mann: Auch ein entfernter Verwandter von mir, übrigens, wie mein Schwiegersohn und meine gleichermaßen genealogisch interessierten Enkelsöhne später herausfinden würden.

Das Lesen, das laute Vorlesen an sich, war etwas, das ich immer schon gern gemacht hatte. Meine Stimme bekam dann einen ganz anderen, flexiblen, Klang. Mal sanft, mal unschuldig, mal hart, mal rau. Mal schnell und abgehackt, mal langsam, melodiös und sanft. Ganz so, wie der Text es von mir wollte. Genauso gern hörte ich zu, wenn jemand anders mir vorlas. Jemand, der das auch gut konnte. Deshalb tauschten wir dann. Einmal las ich, einmal las er.

Guido war immer einer der ersten, wenn ich ein bis zweimal in der Woche im Salon das klinikeigene Grammophon, eine grandiose neue Erfindung zur Wiedergabe von Musik, herausholte. Der Doktor besaß bereits einige der scheibenförmigen Tonträger aus Hartgummi und seit neustem auch ein paar aus Schellack. Sie waren so viel praktischer und platzsparender als die Walzen für das selbstspielende Klavier, das Pianola, welches meine Herrschaft in England besessen hatte. Ich spielte den Patienten diese Schallplatten, wie man sie nannte, immer wieder gerne vor. Jedes Mal fand er sich zeitig im Salon ein und hörte der Musik mit einer Intensität zu, die ich noch bei niemand anderem beobachtet hatte. Mal zurückgelehnt mit in die Ferne gerichtetem Blick, oder im Kutschersitz vornübergebeugt, war er jedes Mal völlig entrückt. Unzweifelhaft teilte er auch meine Liebe zur Musik.

Vieles davon würden wir später weitergeben: unsere Tochter würde in Leipzig Gesang und Klavier studieren und der preußisch preisgekrönte Flügel ihrer Tante Lene, aus der Bielefelder Pianofabrik Theophil Mann, den diese als Nachfolger des Blüthner-Flügels erworben hatte, der die Bombardierungen am Ende des zweiten Weltkriegs nicht überstanden hatte, würde einmal ihr und noch später meiner Urenkelin gehören, die – als Studienrätin für Deutsch und Musik - wiederum auch die Liebe zu Literatur und Musik zu ihrem Beruf machen würde.

Natürlich war es völlig unmöglich, in meiner Position ganz offiziell Briefe an einen Patienten zu schreiben oder gar Briefe von einem zu erhalten. Solch persönlicher Kontakt war ja laut oberster Direktive strengstens untersagt. In der Eingangshalle, am Durchgang zum Damenflügel, gab es aber ein Postfach. Exclusiv für unsere Patientinnen und Patienten. Jedes Zimmer hatte eines. Es oblag mir, die tägliche Post auf diese Fächer zu verteilen.

Eine relativ stupide Tätigkeit, bei der mir aber auf einmal eine Idee kam.

Ich verfasste einen kurzen Brief und deponierte ihn im Postfach für das Zimmer 23, bevor mich der Mut dazu verlassen konnte. Am nächsten Tag fand ich dort beim Einsortieren der jüngst eingetroffenen Post bereits einen Brief vor, der an mich adressiert war. Ich musste zweimal hinschauen, um ganz sicher zu sein. Mir blieb das Herz fast stehen, als ich ihn aus dem Fach nahm und unauffällig in meine Schürzentasche steckte. Später, auf meinem Zimmer, nahm ich ihn heraus und öffnete ihn mit zitternden Fingern.

„Liebes Fräulein Elisabeth", stand da, „in der kurzen Zeit, die ich Ihre Gesellschaft genießen durfte, sind Sie mir ganz besonders ans Herz gewachsen. Ich würde mich über einen intensiveren Gedankenaustausch auf diesem Wege freuen. Ihr Ihnen stets treu ergebener Diener Guido S."

Also ein eindeutiges „ja" als Antwort auf meine Bitte um brieflichen Kontakt. Obwohl man damals als Frau - und schon gar nicht als Angestellte des Hauses in leitender Funktion - eigentlich nach so etwas nicht einfach fragen durfte. Wir hatten hiermit aber nun tatsächlich eine Möglichkeit entdeckt, wie wir uns brieflich austauschen konnten. „Auf diesem Wege" konnte ich dort tatsächlich völlig unauffällig sowohl meine eigenen Briefe deponieren, als auch an mich gerichtete entgegennehmen. Neben jeglicher Form von Gedankenaustausch zu musikalischen, literarischen und sonstigen kulturellen Themen konnten wir über diesen stillen Postweg auch Verabredungen für heimliche Zusammenkünfte treffen.

Mein freier Tag. Einmal im Monat wurde ich von meinen Pflichten entbunden und durfte tun, worauf ich Lust hatte. Ich machte eine Wanderung zu den Bodefällen.

Durch den Frühlingswald zu diesem märchenhaft traumverlorenen Ort, an dem sich die Bode zwischen hohen, dichten Fichten in mehreren Wasserfällen über große Findlinge ergoss, die den Eindruck machten, Riesen oder Trolle hätten sie einmal hier fallen lassen.

Wir trafen uns ‚zufällig' dort und wanderten dann gemeinsam zurück. Die Bode, an der wir dabei entlang gingen, würde einmal den Grenzverlauf zwischen den beiden Hälften des geteilten Deutschlands markieren. In unserem preußisch-deutschen Kaiserreich aber dachte man natürlich nationalistisch. Nie wären wir auf so einen Gedanken gekommen. Auch, dass die idyllischen, fichtenbewachsenen Bachtäler, die wir durchwanderten, infolge des Klimawandels und einer damit verbundenen Borkenkäferplage knapp 120 Jahre später Opfer eines Kahlschlags von apokalyptischem Ausmaß werden würden, hätten wir nicht geglaubt, wenn es uns jemand erzählt hätte.

Wir waren in Sorge um meinen jüngsten Bruder Ernst, der sich – als Ingenieur für Eisenbahnbau – aus Russland die Tuberkulose mitgebracht hatte. Bei ihm war es definitiv nicht die Luftröhre, wie in Thomas Manns Erzählung „Tristan" von Gabriele Klöterjahn so standhaft behauptet wurde, sondern die Lunge. Meine Krensuppe, die laut der Familie heilende Kräfte besaß, musste ich jedes Mal für ihn kochen, wenn wir uns trafen. Geholfen hat sie nichts. Mein kleiner Bruder würde seinem Lungenleiden 1907 erliegen, mit noch nicht einmal 27 Jahren.

Hin und wieder konnte ich mir nach dem Mittagessen Zeit für einen kurzen Spaziergang nehmen. Dieser Zeitpunkt war dafür besonders geeignet, da die meisten Patienten dann einen Mittagsschlaf hielten und der Freitag war besonders günstig, da die Mitarbeitenden meist schon in vorwochenendlicher Stimmung waren. Ein schnöder, aber für uns ganz besonderer Freitag. Wir wanderten gemütlich zur Verlobungswiese. Eine Kurwiese mit Konzertmuschel. Ein Rundweg um die Wiese, eine üppige Grünfläche mit vielen mehr oder weniger lauschigen Sitzgelegenheiten. Ein „Muss für Verlobungswillige", wie man sagte. Dass dieses idyllische Plätzchen später seinen Charme verlieren und lediglich als Brachfläche am Endpunkt der Abfahrt-Skipisten vom Wurmberg dienen würde, konnten wir uns zu diesem Zeitpunkt nicht vorstellen.
Wir spazierten zusammen dorthin und setzten uns auf eine der zahlreichen von Büschen und kleinen Bäumen umstandenen Bänke. Gemeinsam. Die Zeit der Heimlichkeiten sollte damit auch ein Ende finden. Er fragte mich, ob ich seine Frau werden wollte. So einfach war das. Meinen Vater, den er offiziell um seine Einwilligung hätte bitten müssen, gab es ja nicht mehr.

Ich war genug.

Einen Verlobungsring bekam ich nicht. Im Ort gab es keinen Goldschmied, der einen hätte anfertigen können. Aber ein Verlobungsfoto machten wir, beim Dorffotografen, und das Datum würde später im Ehering stehen. Zur Sicherheit. Damit ganz klar war, dass wir ab diesem Zeitpunkt zusammengehört hatten.

1905 entwickelte der Architekt das Konzept einer Lufthütte zu Kurzwecken. Die auf dem Gelände der Klinik errichtete Hütte sollte als Prototyp für eine geplante Kolonie dienen. Der Bau dieser Kolonie wurde jedoch nicht umgesetzt, da das Harzwetter sich hierfür als ungeeignet erwies und es blieb bei diesem einzelnen, auf Stelzen stehenden, sehr sparsam eingerichteten Haus.

Der Amtsgerichtsrat, *mein* Amtsgerichtsrat, konnte man wohl inzwischen sagen, liebte es, sich in die neu erbaute Lufthütte zurückzuziehen. Diese extrem spartanisch ausgestattete Einsiedelei auf Stelzen war für ihn ein Ort der Ruhe und Kontemplation. Er bat darum, ihn dort mit Decken und Wärmeflaschen zu versorgen. Immer, wenn ich ihn dort aufsuchte, entspannen sich zwischen uns angeregte Gespräche, die immer wieder weitere ähnliche Interessen offenbarten.

Von allen lauschigen Plätzen, die wir während seines Aufenthalts gemeinsam aufsuchten, war die Lufthütte derjenige, an dem wir uns tatsächlich luftig-leicht, fast völlig schwerelos, fühlten. Alles war Seligkeit in dieser kurzen Phase, in einer Intensität, in der wir es später nur noch einmal mit unserer kleinen Tochter erleben würden, solange, bis die Weltgeschichte uns einen Strich durch die Rechnung machen würde.

Die Altstädter Kirche in Bielefeld, die Altstädter Nicolaikirche, die älteste Stadtkirche und historische Marktkirche aus dem Jahr 1340. Sie würde im zweiten Weltkrieg stark zerstört und später im modernistischen Stil der 1960er wieder aufgebaut werden. Ihre verspielten Zwiebeltürmchen und viele Gegenstände ihrer ursprünglichen Ausstattung würden für immer verloren sein.

Hier gaben wir uns das Jawort. An einem Dienstag.

Schnell war das gegangen. Aber warum hätten wir uns Zeit lassen sollen?

Meine einzige Enkelin würde ebenfalls als spätes Mädchen und zudem fertige Kinderärztin ihren Architekten heiraten. Auch mein jüngster Enkel würde es noch viel später genauso machen. Auch er würde spät dran sein und ein spätes Mädchen heiraten – nicht ganz so spät wie ich, aber im Rahmen der Familientradition, könnte man sagen.

Während der schlichten Zeremonie, zu der wir nur enge Familienmitglieder und wenige ganz enge Freunde gebeten hatten, befand sich der kostbare Schnitzaltar - aus der Werkstatt der Antwerpener Lucasgilde von 1524, mit über zweihundert geschnitzten und unter üppiger Verwendung von Goldfarbe kolorierten Holzfiguren - mir direkt gegenüber. Neun Schreine im geschnitzten Mittelteil und vierzehn Bildtafeln auf der im ausgeklappten Zustand sichtbaren Innenseite der Flügel. Nicht ohne Grund sagte man, dass die Meister der Gilde hier Außergewöhnliches geschaffen hätten. Er würde den zweiten Weltkrieg nur überleben, weil man ihn rechtzeitig auslagern würde.

Fünfhundert Jahre wird er alt sein, wenn meine Urenkelin diese Geschichte aufschreibt.

Das Gewimmel der kleinen Holzfigürchen und die farbenreich gemalten wichtigen biblischen Ereignisse – Geburt, Leben, Tod und Auferstehung - nahm ich aber gar nicht so deutlich wahr. Ich sah nur das kleine quadratische Bild unten links. Der Engel Gabriel, mit hoch erhobenem rechtem Arm. Die kniende Jungfrau Maria, mit geneigtem Kopf und leicht verklärtem Blick.

Ich war ein sehr spätes Mädchen, so sagte man.
Aber nun war ich verheiratet.

ELISABETH • 1906

Am 16. April des folgenden Jahres wurde unsere Tochter geboren. Auf den Punkt neun Monate nach der Hochzeit. Wir nannten sie nach mir, Elisabeth.

Sie blieb unser einziges Kind. Dem Christinchen, Christine Engel Elisabeth, meiner Enkelin, die ebenfalls nach mir benannt wurde und mir als einzige Enkeltochter besonders nahe stand, würde ich später erzählen, dass wir es durchaus versucht hätten, weitere Kinder zu bekommen. Es sollte halt nicht sein. Nach einigen Fehlgeburten gaben wir irgendwann auf.

Mein Guido, dein Magenleiden bist du nie ganz losgeworden. Psychosomatisch und innerhalb der Familie vererbt, würde man später sagen.
Nur mit einer Katze auf dem Schoß, die dir den Bauch wärmte und dir durch ihr Schnurren ein wohliges Gefühl gab, war es manchmal auszuhalten. Du warst oft in Behandlung, konsultiertest diverse Ärzte. Auf Amrum kurtest du eine Zeit lang.

Ich habe nie wieder in meinem Beruf gearbeitet, war ganz für dich da, so, wie das damals üblich war. Man musste Rücksicht auf dich nehmen, besonders, wenn du im Arbeitszimmer die Tür hinter dir geschlossen hattest. Unsere Tochter und später auch die Enkel. Immer musste ich dafür Sorge tragen, dass du deine Ruhe hattest, und dich in deinen ganz privaten Bereich zurückziehen konntest.
Diesen teilten wir jedoch auch immer wieder, in den wertvollen Stunden, in denen ich dir vorlas. 1924 war Thomas Manns Roman „Der Zauberberg" erschienen. Das war *unser* Buch. Natürlich ist eine Lungenklinik in Davos nicht in allen Aspekten vergleichbar mit dem, was wir erlebt haben.
Aber an vielen Stellen seines Romans hätte er dabeigewesen sein können, der Thomas Mann, damals, bei uns, im Sanatorium.

Auf unserem ganz persönlichen Zauberberg.

Du hast dich zwischen mich und die russischen Soldaten gestürzt wie ein Löwe. Sie haben dich noch getreten, als du längst schon auf dem Boden lagst.

Für dich war ich nie ein spätes Mädchen.

Die Handlung der Erzählung ist nicht ganz frei erfunden. Die Protagonistin zeigt meine Sicht, die Sicht des 21. Jahrhunderts, auf meine Urgroßmutter, eine Frau der Belle Époque, basierend auf bruchstückhaften Informationen über deren Leben. Die historischen Eckdaten stimmen mit der Realität überein. Auch der Ort, in dem der größte Teil der Handlung spielt, existiert bis heute, als lebendiges und immer noch in Nutzung befindliches Baudenkmal. Während eines Aufenthalts in der Klinik habe ich erfahren, dass meine Familiengeschichte eng mit diesem Sanatorium verknüpft ist und habe deshalb angefangen intensiver zu recherchieren. Den Doktor (Dr. Friedrich Barner, 1859-1926) und seine Familie, sowie den Architekten (Albin Müller, 1871-1941) gab es wirklich. Auch der siamesische Prinz (Mom Chow Thossiriwengse, Lebensdaten leider nicht bekannt) sowie der magenkranke Jurist (mein Urgroßvater Guido Sass, 1861-1945) sind nicht erfunden, sie waren dort Patienten, wie man, leider nur im Fall meines Urgroßvaters, im noch weitgehend erhaltenen Archiv des Sanatoriums - in den „Gästebüchern"- nachlesen kann. Die markantesten und meisten Ereignisse stammen aus überlieferten Erzählungen und Anekdoten meiner Familie, ein Teil der Handlung ist aber natürlich fiktiv, angeregt durch diese Erzählungen und durch die von Thomas Mann, aber auch durch die ganz besondere Atmosphäre im Sanatorium Dr. Barner und das Interesse am Schicksal der Menschen aus meiner Familie.

Elisabeth Weyland als junge Frau

Ehepaar Barner im ‚Salon'
(Rauchzimmer im Haus Sonnenblick, heute Vorderhaus)

Küchenpersonal

Die Belegschaft vor/nach einem Betriebsausflug im Sanatoriumspark vor dem Hochwald. Elisabeth sitzt links am Baumstamm.

Klinik Dr. Barner mit Neubau von 1912-1914

Zahnputzbecher
(Nr. 8505 aus Uli Aigners „One Million"-Projekt)

Original-Emaille-Türschild zu Zimmer 23

Winterliche Kurzweil

Schlittenpartie

Original-Emaille-Türschild der Dunkelkammer

Prinz Tossi und seine Braut

Bodefälle

Lufthütte

Verlobungswiese

Verlobung

47

Die Urgroßeltern, je mit Katze

BILDNACHWEISE

Klinik Süd-West-Flügel um 1900 & Neubau von 1912-1914:
Eigentum der Stiftung Sanatorium Dr. Barner

Küchenpersonal & Winterliche Kurzweil: Frauen im Sanatorium Dr. Barner 1900-1923. Fotoausstellung aus dem Archiv
(mit freundlicher Genehmigung von Johannes Barner)
Die weiteren Bilder stammen von mir, aus meiner Postkartensammlung oder dem Fotoarchiv meiner Familie.

QUELLEN

• Beatrice Härig: Sanatorium Dr. Barner. Wo Lebensreformer
zur Erholung kamen. Monumente 4/2007
• Thomas Mann: Sämtliche Erzählungen.
Frankfurt a. M., S. Fischer Verlag 1963
• Sebastian Redecke: Chipperfield bei Dr. Barner?
Bauwelt 45/2012, S. 24-31
• Peter Richter: Der letzte Zauberberg.
Frankfurter Allgemeine Sonntagszeitung Nr. 49, 7.12.2008
• Ortrud Wörner-Heil: Adelige Frauen als Pionierinnen der
Berufsbildung. Kassel, university press, 2010
• https://klinik-barner.de/geschichte/
• https://de.wikipedia.org/wiki/Albin_Müller •
https://www.kostueme-bs.ch/index.php/blog/317-hauspersonal-in-der-belle-epoque.html
• https://de.wikipedia.org/wiki/Belle_Époque
• https://der-farang.com/de/pages/ein-prinz-lernt-preussische-tugenden
• https://en.wikipedia.org/wiki/Thai_royal_ranks_and_titles
• https://www.thailandfoundation.or.th/culture_heritage/the-captivating-stories-behind-thai-names/
https://heureka-stories.de/1913-die-kleinbildkamera/2-uncategorised/69-die-kleinbildkamera-die-ganze-geschichte.html

Meiner *Urgroßmutter Elisabeth Sass, geb. Weyland*, von der ich meine Katzen-Affinität habe und deren außergewöhnliches Leben mir den Impuls gegeben hat, über sie zu schreiben.

Meiner *Großmutter Elisabeth Jacobs, geb. Sass*, die mir ihr musikalisches Talent und Tante Lenes Flügel (Firma Th. Mann, wenn auch nicht Thomas) hinterlassen hat.

Meiner Mutter *Christine Engel Elisabeth ter Huerne, geb. Jacobs*, die mir ihre Liebe zu Musik, Literatur und Theater weitergegeben hat.

Meinen *Onkeln, Hans und Klaus Jacobs*, die mich unermüdlich mit Informationen über die Familiengeschichte und Genealogie versorgt haben.

Meinem *Vater Winfried ter Huerne*, der mir seine musikalische Begabung, seine Begeisterung für Baustilkunde und Kunstgeschichte, sowie den Sinn für das Kreative vererbt hat.

Meinem *Mann Till und meinen Kindern Raphael und Tabea Schumacher*, die immer für mich da sind und mich kürzlich in einer nicht ganz so einfachen Lebensphase nach Kräften unterstützt haben.

Meinen *Barnie-Schwestern Anne und Judith*, die nicht nur Mitpatientinnen und später digitale Literaturzirkel-Freundinnen, sondern auch meine ersten Fans waren, als ich noch nicht einmal angefangen hatte zu schreiben.

Johannes Barner und Daniela Lorenz von der Stiftung Sanatorium Dr. Barner, die für mich Informationen aus den Tiefen der Archive (Einträge in die Fremden- und Geschäftsbücher aus den Anfängen des Klinikbetriebs) zutage gefördert haben.